고독은 영혼을 빗고

일러두기

- 이 책은 에밀리 디킨슨이 쓴 시 중 45편을 골라 번역하고 엮은 것이다. 1800여 편에 달하는 디킨슨의 시는 제목이 없는 대신 시의 첫 행이 제목처럼 사용되고 있다. 이 책도 시의 첫 행을 제목으로 했다. 번역을 위해 옮긴이가 참고한 책은 다음과 같다. Emily Dickinson, *The Complete Poems of Emily Dickinson*, ed., Thomas Johnson (Faber & Faber, 1970)

- 이 책에 실린 주석은 모두 옮긴이 주이다.

- 모든 행의 첫머리는 들여 쓰기를 하였다.

- 원문에 혼하게 쓰인 대시(―)는 쉼표, 마침표, 접속사, 때로는 생략된 시어의 역할을 하면서 시의 리듬과 의미 면에서 매우 중대한 역할을 한다. 그러나 영어의 문장구조와 상이한 우리말로 번역할 때 시인이 의도한 대시의 역할을 살릴 수가 없다. 따라서 대시는 번역문에서 모두 없앴다. 대신 모든 문장부호를 최소화하여 다양한 독해의 가능성을 열어놓음으로써 대시의 역할을 대신했다.

- 한 편의 시가 여러 쪽으로 나뉘는 경우, 연 단위로 구분하고 시의 마지막 행에 '▸'를 표기하여 다음 쪽에 이어짐을 표시했다. 하나의 연이 길어서 여러 쪽으로 나뉘는 경우에는 '▸▸'를 표기하여 해당 연이 계속 이어짐을 표시했다.

- 작가의 저작을 표기할 때에는 시집과 장편·단편 작품을 구분하여 표기하였다. 시집은 겹낫쇠(『 』)를 표기하고 원제를 이탤릭체로, 장편 작품은 큰따옴표로 표기하고 원제를 이탤릭체로, 단편 작품은 홑낫쇠(「 」)를 표기하고 원제를 정자로 썼다. 문학잡지, 계간지 등은 '≪ ≫'로 표기하고, 원제를 이탤릭체로 썼다. 문학 작품 외에 공연 등 극 작품은 '〈 〉'로 표기했다.

한울 세계 시 인 선 03

고독은 영혼을 빗고

에밀리 디킨슨 시선집

에밀리 디킨슨 지음

유정화 옮김

차례

저는 가능성의 집에 살아요

Contents

I dwell in Possibility

저는 가능성의 집에 살아요

Success is counted sweetest

Success is counted sweetest
By those who ne'er succeed.
To comprehend a nectar
Requires sorest need.

Not one of all the purple Host
Who took the Flag today
Can tell the definition
So clear of Victory

As he defeated — dying —
On whose forbidden ear
The distant strains of triumph
Burst agonized and clear!

성공은 가장 달콤한 것

성공을 맛보지 못한 이에게
성공은 가장 달콤한 것.
심한 갈증이 있어야
과즙의 맛을 충분히 알 수 있느니.

오늘 승리의 깃발을 취한
고귀한 무리 가운데
승리의 의미를
아는 자 없으리

패한 채 죽어가는 병사만큼 뚜렷이.
저 멀리서 울리는 승리의 가락
그의 희미한 귓전을 두드려 대네
고통스럽고도 선명하게!

Exultation is the going

Exultation is the going
Of an inland soul to sea,
Past the houses — past the headlands —
Into deep Eternity —

Bred as we, among the mountains,
Can the sailor understand
The divine intoxication
Of the first league out from land?

환희란

환희란 내륙의 영혼이
바다로 가는 것
마을을 지나고 곶을 지나
영원의 깊은 곳으로

사공이 알기나 할까
산중에서 자란 이들이
육지에서 처음 한 마장을 벗어날 때 느끼는
이 멋진 흥분을?

Besides the Autumn poets sing

Besides the Autumn poets sing

A few prosaic days

A little this side of the snow

And that side of the Haze —

A few incisive Mornings —

A few Ascetic Eves —

Gone - Mr. Bryant's "Golden Rod" —

And Mr. Thomson's "sheaves."

Still, is the bustle in the Brook —

Sealed are the spicy valves —

Mesmeric fingers softly touch

The Eyes of many Elves — ‣

시인이 가을만 노래하는 건 아니야

시인이 가을만 노래하는 건 아니야
눈이 오기 직전
아지랑이 떠난 뒤
며칠간의 따분한 날도 노래하고

브라이언트가 노래한 "황금 막대"*와
톰슨의 "곡식단"**이 사라진 뒤
며칠간의 쌀쌀한 아침과
삭막한 저녁도 노래하지.

시내는 여전히 부산스레 흐르지만
왕성한 수문은 이미 잠겼고
최면을 거는 손가락이 닿은 듯
수많은 요정의 눈이 부드럽게 감기네 ‣

---

* 황금 막대: 미국 시인 윌리엄 브라이언트(William Cullen Bryant, 1794~1878)의 단편 시 「가을 산책(My Autumn Wallk)」에 나오는 표현
** 곡식단: 시인 제임스 톰슨(James Thomson, 1700~1748)의 장편 시 『사계(四季, The Seasons)』에 나오는 표현

Perhaps a squirrel may remain —

My sentiments to share —

Grant me, Oh Lord, a sunny mind —

Thy windy will to bear!

다람쥐 한 마리 남아서
내 심정을 알아줄지도 모르지
아 주여, 제게 햇살 같은 마음을 허락하소서
주의 뜻이 겨울바람 같더라도 견뎌낼 수 있도록!

The Murmur of a Bee

The Murmur of a Bee
A Witchcraft — yieldeth me —
If any ask me why —
'Twere easier to die —
Than tell —

The Red upon the Hill
Taketh away my will —
If anybody sneer —
Take care — for God is here —
That's all.

The Breaking of the Day
Addeth to my Degree —
If any ask me how —
Artist — who drew me so —
Must tell!

벌이 웅얼거리는 소리는

벌이 웅얼거리는 소리는
마법이 되어 나를 굴복시키네
누군가 그 이유를 묻는다면
설명하느니 죽는 게
더 쉬우리

언덕을 물들이는 붉은빛이
나의 의지를 앗아가네
누군가 나를 비웃는다면
조심하시오, 하나님이 여기 계시니
그런 것이오.

새벽이 오면
자연은 나를 더욱 압도하네
누군가 어찌해 그러한지 묻는다면
이리 나를 빚으신 분, 그 장인(匠人)께서
답을 해야 맞으리!

A *Wounded* Deer—leaps highest—

A *Wounded* Deer—leaps highest—
I've heard the Hunter tell—
'Tis but the Ecstasy of *death*—
And then the Brake is still!

The *Smitten* Rock that gushes!
The *trampled* Steel that springs!
A Cheek is always redder
Just where the Hectic stings!

Mirth is the Mail of Anguish—
In which it Cautious Arm,
Lest anybody spy the blood
And "you're hurt" exclaim!

상처 입은 사슴이 가장 높이 뛰어오르는 법

사냥꾼이 하는 말을 들었어요
상처 입은 사슴이 가장 높이 뛰어오르는 법이라고.
그러나 그것은 죽음의 황홀경일 뿐
이내 덤불은 조용해지니!

바위를 강타하면 돌덩이들이 쏟아져 나오지!
용수철을 밟으면 튕겨 나오듯!
소모열(消耗熱)*에 쏘인 뺨이
항상 더 붉은 법!

환희는 비통함을 감싸는 갑옷일 뿐이오
흐르는 피를 누군가 보고
"상처를 입으셨군요"라고 외치지 않도록
비통함은 환희로 자신을 신중하게 무장하는 법이라오!

• 소모열: 감염이나 염증으로 인한 발열로 몸이 열이나 에너지를 잃은 상태

Come slowly — Eden!

Come slowly — Eden!
Lips unused to Thee —
Bashful — sip thy Jessamines —
As the fainting Bee —

Reaching late his flower,
Round her chamber hums —
Counts his nectars —
Enters — and is lost in Balms.

천천히 오시오, 낙원이여!

천천히 오시오, 낙원이여
그대에게 닿은 적 없는 입술이
그대의 자스민 향을 수줍게 음미한답니다
철 늦게 꽃을 찾아든 소심한 꿀벌

꽃의 밀실 주변을 윙윙거리며 돌다
꿀이 남은 것을 보고
방에 들더니 이내 향에 빠져
정신을 잃듯이

I taste a liquor never brewed —

I taste a liquor never brewed —
From Tankards scooped in Pearl —
Not all the Vats upon the Rhine
Yield such an Alcohol!

Inebriate of Air — am I —
And Debauchee of Dew —
Reeling — thro endless summer days —
From inns of Molten Blue —

When "Landlords" turn the drunken Bee
Out of the Foxglove's door —
When Butterflies — renounce their "drams" —
I shall but drink the more!

Till Seraphs swing their snowy Hats —
And Saints — to windows run —
To see the little Tippler
Leaning against the — Sun —

빚은 바 없는 술을 맛보네

빚은 바 없는 술을 맛보네
진주에서 퍼 올린 큰 잔으로,
라인 강변의 술독을 모두 모은들
이만한 술은 내지 못하리

대기에 취한 나
이슬에 고주망태 되어
무수한 여름날 내내
뜨거운 하늘 주막에서 휘청이며 나온다네

주막 주인이 만취한 벌을
디기탈리스꽃 문전에서 쫓아내고
나비들이 이제 술을 끊겠노라 선언할 때에도
나는 더욱더 마시리라

천사들이 눈같이 흰 모자를 흔들고
성자들이 창가로 달려가
태양에 몸을 기대는
이 작은 주정꾼을 구경할 때까지

Wild Nights — Wild Nights!

Wild Nights — Wild Nights!
Were I with thee
Wild Nights should be
Our luxury!

Futile — the Winds —
To a Heart in port —
Done with the Compass —
Done with the Chart!

Rowing in Eden —
Ah, the Sea!
Might I but moor — Tonight —
In Thee!

거칠고 거친 밤!

거칠고 거친 밤!
나 그대와 함께라면
거친 밤일지라도
호사일 뿐!

항구에 정박한 가슴인데
광풍인들 무슨 힘이 있으리
이제 나침반도
해도도 필요 없는 것을!

아, 낙원의 바다에서
노를 저으며
이 밤, 나 그대에게
정박할 수만 있다면!

"Hope" is the thing with feathers —

"Hope" is the thing with feathers —
That perches in the soul —
And sings the tune without the words —
And never stops — at all —

And sweetest — in the Gale — is heard —
And sore must be the storm —
That could abash the little Bird
That kept so many warm —

I've heard it in the chillest land —
And on the strangest Sea —
Yet, never, in Extremity,
It asked a crumb — of Me.

희망은 깃털이 있다네

희망은 깃털이 있다네
영혼의 가지에 앉아서
가사 없는 곡조를 노래하고
그 노래 결코 멈추는 법 없네

강풍이 불 때 가장 감미로운 노래를 부르지
많은 이들 따뜻하게 지켜주었던 그 작은 새는
매서운 폭풍이나 불어야
노래를 멈출까

가장 추운 땅에서도
가장 낯선 바다에서도 그 노래 들렸네
극한의 상황에서도 작은 새는
빵 부스러기 하나 요구한 적 없었다네

There's a certain Slant of light

There's a certain Slant of light,
Winter Afternoons —
That oppresses, like the Heft
Of Cathedral Tunes —

Heavenly Hurt, it gives us —
We can find no scar,
But internal difference,
Where the Meanings, are —

None may teach it — Any —
'Tis the Seal Despair —
An imperial affliction
Sent us of the Air —

When it comes, the Landscape listens —
Shadows — hold their breath —
When it goes, 'tis like the Distance
On the look of Death —

베일 듯 비스듬히 기운 빛 한 줄기 있어

겨울 오후
베일 듯 비스듬히 기운 빛 한 줄기 있어
성당의 종소리처럼 무겁게
짓누른다네

그 빛에 베어 우리는 천상의 상처를 입으나
흉터는 남지 않아
그러나 의미가 머무는 곳에
내면의 변화는 크기 마련

누구도 그 변화를 가르칠 순 없어, 그 누구도
절망의 인장을
하늘이 보내온
그 장엄한 고통을

고통이 찾아오면 풍경조차 귀 기울이고
그림자마저 숨을 죽이기 마련
고통이 떠난 뒤, 남는 것은
소원(疏遠)한 죽음의 표정

I felt a Funeral, in my Brain

I felt a Funeral, in my Brain,
And Mourners to and fro
Kept treading — treading — till it seemed
That Sense was breaking through —

And when they all were seated,
A Service, like a Drum —
Kept beating — beating — till I thought
My Mind was going numb —

And then I heard them lift a Box
And creak across my Soul
With those same Boots of Lead, again,
Then Space — began to toll,

As all the Heavens were a Bell,
And Being, but an Ear,
And I, and Silence, some strange Race
Wrecked, solitary, here — ▸

나는 머리로 장례를 치뤘네

나는 머리로 장례를 치뤘네
오고 가는 조문객의
발소리, 발소리는 끝이 없어서
감각이 사라질 것 같았어

모두 자리를 잡고 앉자
예식이 두둥, 두둥
북소리처럼 끝도 없이 울려대니
정신이 멍해지는 것 같았어

그러더니 관을 들어 올리는 소리가 들렸어
납장화를 디디는 소리 같은 것이 또 한 번
끼이익거리며 나의 영혼 위로 지나가더군
그러더니 사방에서 조종(弔鐘)이 울렸어

하늘이 온통 종으로 가득 찬 듯이
그리고 존재란 온통 귀인 양,
그리하여 나와 침묵은 난파당한
이상한 종족처럼 외로이 있었지, 이곳에, ▸

And then a Plank in Reason, broke,

And I dropped down, and down —

And hit a World, at every plunge,

And Finished knowing — then —

그러더니 이성의 널빤지가 부러지더군
나는 아래로, 아래로 떨어졌어
곤두박질칠 때마다 세상에 부딪혀 가며
그리곤 끝이 났어, 마침내.

I'm Nobody! Who are You?

I'm Nobody! Who are you?

Are you — Nobody — Too?

Then there's a pair of us?

Don't tell! they'd advertise — you know!

How dreary — to be — Somebody!

How public — like a Frog —

To tell one's name — the livelong June —

To an admiring Bog!

나는 무명인이오! 당신은 누구요?

나는 무명인이오! 당신은 누구요?
당신도 무명인이시오?
그렇다면 우리는 짝이구려
알리지 마시오! 잘 알잖소, 저들이 떠벌릴 것을!

유명인으로 사는 건 참으로 따분한 일!
유월 내내 감탄해 마지않는 늪을 향해
자기 이름을 소리쳐 알리는 개구리 같아
끔찍하게 공개적이란 말이오!

The Soul selects her own Society —

The Soul selects her own Society —

Then — shuts the Door —

To her divine Majority —

Present no more —

Unmoved — she notes the Chariots — pausing —

At her low Gate —

Unmoved — an Emperor be kneeling

Upon her Mat —

I've known her — from an ample nation —

Choose One —

Then — close the Valves of her attention —

Like Stone —

영혼은 자신의 친구를 엄선하고는

영혼은 자신의 친구를 엄선하고는
신성한 다수에게
문을 닫아버리지
그들은 이제 존재하지 않는 거야

그녀의 집 낮은 대문 앞에
왕의 마차가 멈춰 서도 꿈쩍 않고
현관 앞에서 황제가
무릎을 꿇은들 꿈쩍할 리 없어

나는 그녀를 잘 알아, 광대한 나라에서
오직 한 친구만을 선택하고는
관심의 수문을 잠가버리고 말지
바위처럼 단단히

It sifts from Leaden Sieves —

It sifts from Leaden Sieves —
It powders all the Wood.
It fills with Alabaster Wool
The Wrinkles of the Road —

It makes an Even Face
Of Mountain, and of Plain —
Unbroken Forehead from the East
Unto the East again —

It reaches to the Fence —
It wraps it Rail by Rail
Till it is lost in Fleeces —
It deals Celestial Vail

To Stump, and Stack — and Stem —
A Summer's empty Room —
Acres of Joints, where Harvests were,
Recordless, but for them — ‣

잿빛 채로 쳐

잿빛 채로 쳐 고운 가루로 내려서
숲이란 숲에 온통 흰 분칠을 하네.
울퉁불퉁한 길을
석고같이 하얀 털로 메워버리고

산이며 들판이며
모두 반듯한 얼굴로 만들어
동쪽에서 시작한 이마가 다시 동쪽에 이를 때까지
파인 곳 하나 없이 고르기만 해

울타리도 찾아가
가로대 하나 빠뜨리지 않고 감싸
마침내 울타리는 양털 속에 묻혀버리지.
하늘의 하사품을 나눠주네

그루터기와 곡식 단, 나뭇가지
여름이 떠나면서 남긴 빈방
추수한 너른 들에 남겨진 마디마다 고루,
모든 흔적을 지워버리고 말아, 그런가 하면 또한 ▸

It Ruffles Wrists of Posts

As Ankles of a Queen —

Then stills it's Artisans — like Ghosts —

Denying they have been —

기둥의 손목에는 주름도 잡아줘
여왕님 발목에 옷 주름을 잡듯이,
그리고 나서야 장인(匠人)들은 잠잠해지지
이곳에 다녀간 흔적 없는 유령인 양

A Bird came down the Walk—

A Bird came down the Walk —
He did not know I saw —
He bit an Angleworm in halves
And ate the fellow, raw,

And then he drank a Dew
From a convenient Grass —
And then hopped sidewise to the Wall
To let a Beetle pass —

He glanced with rapid eyes
That hurried all around —
They looked like frightened Beads, I thought —
He stirred his Velvet Head

Like one in danger, Cautious,
I offered him a Crumb
And he unrolled his feathers
And rowed him softer home — ▸

새 한 마리 산책로에 내려와

새 한 마리 산책로에 내려와
내가 보고 있는 것을 모르는 채
지렁이를 물어 반 토막을 내더니
산 채로 먹어버렸네

가까운 풀잎에 맺힌
이슬 한 방울 들이키고는
담장 쪽으로 폴짝 옆걸음질 쳐
풍뎅이에게 길을 내주네

빠르게 굴리며
황급히 사방을 탐색하는 그 눈이
마치 화들짝 놀란 유리구슬 같았어
벨벳 같은 머리를 흔들더라고

위험에 처한 이처럼, 조심스럽게,
나는 그에게 빵 부스러기를 건넸지
그랬더니 나래를 펼쳐
둥지를 향해 노를 저어가는데, 그 부드럽기가 ▸

Than Oars divide the Ocean,

Too silver for a seam —

Or Butterflies, off Banks of Noon

Leap, plashless as they swim.

은빛 바다를

이음매 없이 저어가는 노보다,

정오에 강둑에서 날아올라

첨벙거림 하나 없이 헤엄쳐 나는 나비보다, 더했지.

I know that He exists

I know that He exists.
Somewhere — in Silence —
He has hid his rare life
From our gross eyes.

'Tis an instant's play —
'Tis a fond Ambush —
Just to make Bliss
Earn her own surprise!

But — should the play
Prove piercing earnest —
Should the glee — glaze —
In Death's — stiff — stare —

Would not the fun
Look too expensive!
Would not the jest —
Have crawled too far!

그분이 계심을 나는 알아

그분이 계심을 나는 알아.
어딘가에 조용히
그분의 귀한 존재를 숨겨놓으셨어
우리의 천박한 눈을 피해서.

그것은 잠깐의 유희야
우리가 즐기는 숨바꼭질 같은 거지
더없는 행복이
선물처럼 갑작스레 찾아오도록 하려는!

그러나 그 유희가
심하게 가슴을 찢고
그 기쁨이 죽음의 뻣뻣한 응시 속에
반짝인다면

너무 큰 대가를 치루는
놀이가 아닐런지!
농담이
너무 지나쳤던 건 아닐런지!

After great pain, a formal feeling comes —

After great pain, a formal feeling comes —
The Nerves sit ceremonious, like Tombs —
The stiff Heart questions was it He, that bore,
And Yesterday, or Centuries before?

The Feet, mechanical, go round —
Of Ground, or Air, or Ought —
A Wooden way
Regardless grown,
A Quartz contentment, like a stone —

This is the Hour of Lead —
Remembered, if outlived,
As Freezing persons, recollect the Snow —
First — Chill — then Stupor — then the letting go —

커다란 고통이 지나고 나면 감정은 무뎌져

커다란 고통이 지나고 나면 감정은 무뎌져
신경은 무덤처럼 엄숙해지고
뻣뻣이 굳은 심장은 질문하네, 고통을 건더낸 자, 그였나,
어제였던가 수백 년 전이었던가?

발은 그저 움직일 뿐
땅이건 공중이건 어디든
마구 무성해진
숲길로도,
만족은 석영(石英)처럼 투명한 결정, 돌과 같아

지금은 납과 같은 시간
이 시간을 버티고 나면 기억되겠지
마치 몸이 얼어 죽어가는 자, 눈을 회상하듯이
처음엔 한기를 다음엔 마비 그리고 이내 모든 것을 놓아버리고 마는

The First Day's Night had come—

The first Day's Night had come —
And grateful that a thing
So terrible — had been endured —
I told my Soul to sing —

She said her Strings were snapt —
Her Bow — to Atoms blown —
And so to mend her — gave me work
Until another Morn —

And then — a Day as huge
As Yesterdays in pairs,
Unrolled its horror in my face —
Until it blocked my eyes —

My Brain — begun to laugh —
I mumbled — like a fool —
And tho' 'tis Years ago — that Day —
My Brain keeps giggling — still. ‣

첫날의 밤은 오고야 말았네

첫날의 밤은 오고야 말았네
그렇듯 끔찍한 일을 건뎌낸 것이
고마워
나의 영혼에게 노래하라 했지

영혼이 말하길 자신의 현이 끊어지고
활은 산산이 부서졌다고
그래서 아침이 오기까지 나는
영혼을 고쳐야 했어

그러자 지난 모든 날에 버금가는
엄청난 하루가 또
나의 면전에 끔찍한 것들을 주루룩 쏟아내어
기어이 나의 시야를 가리더군

나의 머리가 웃어대기 시작했고
나는 백치처럼 웅얼거렸지
그날이 수년 전이건만
머리는 여전히 킬킬거리네 ▸

And Something's odd — within —

That person that I was —

And this One — do not feel the same —

Could it be Madness — this?

마음이 이상해
지금의 나는
예전의 나와 다른 것 같아
미쳐서 이러는 걸까?

Much Madness is divinest Sense —

Much Madness is divinest Sense —
To a discerning Eye —
Much Sense — the starkest Madness —
'Tis the Majority
In this, as All, prevail —
Assent — and you are sane —
Demur — you're straightway dangerous —
And handled with a Chain —

심한 광기는 가장 신성한 이성

분별력이 있는 눈으로 볼 때
심한 광기는 가장 신성한 이성
심한 이성은 가장 순전한 광기
여느 때와 마찬가지로 이 문제에서도
다수가 우세한 법
찬성하시오, 그러면 정신이 온전한 사람으로 보일 거요
반대하시오, 그러면 당장 위험한 존재가 되어
쇠사슬에 묶일 것이오

This is my letter to the World

This is my letter to the World
That never wrote to Me —
The simple News that Nature told —
With tender Majesty

Her Message is committed
To Hands I cannot see —
For love of Her — Sweet — countrymen —
Judge tenderly — of Me

이는 세상에 부치는 나의 편지라오

이는 세상에 부치는 나의 편지라오
내게 편지를 쓴 적 없는 세상
자연이 전한 소박한 소식을 담았소
온화하고 위엄 있게

자연의 전갈은
보이지 않는 손에 맡겨졌소
친애하는 동포여, 자연을 사랑하는 정으로
나에 대해 너그러이 평해주시오

I died for Beauty — but was scarce

I died for Beauty — but was scarce
Adjusted in the Tomb
When One who died for Truth, was lain
In an adjoining Room —

He questioned softly "Why I failed"?
"For Beauty", I replied —
"And I — for Truth — Themself are One —
We Brethren, are", He said —

And so, as Kinsmen, met a Night —
We talked between the Rooms —
Until the Moss had reached our lips —
And covered up — our names —

나는 아름다움을 위해 죽었소

나는 아름다움을 위해 죽었소, 무덤이
겨우 익숙해질 즈음
진리를 위해 죽은 이가
옆방에 와 누웠다오

그가 조용히 묻더군, 무엇을 위해 죽었소?
아름다움을 위해서요, 나의 대답이었지.
나는 진리를 위해 죽었소, 아름다움과 진리는 하나이니
우리는 동포로군, 그의 말이었소.

그래서 밤을 맞이한 동족처럼 우리는
벽을 사이에 두고 이야기를 나누었소
이끼가 우리의 입술까지 올라오고
마침내 우리의 이름마저 덮어버릴 때까지

I heard a Fly buzz – when I died –

I heard a Fly buzz — when I died —
The Stillness in the Room
Was like the Stillness in the Air —
Between the Heaves of Storm —

The Eyes around — had wrung them dry —
And Breaths were gathering firm
For that last Onset — when the King
Be witnessed — in the Room —

I willed my Keepsakes — Signed away
What portion of me be
Assignable — and then it was
There interposed a Fly —

With Blue — uncertain stumbling Buzz —
Between the light — and me —
And then the Windows failed — and then
I could not see to see —

나 죽을 때 파리가 윙윙거리는 소리를 들었지

나 죽을 때 파리가 윙윙거리는 소리를 들었지
나를 둘러싼 정적은
몰아치는 폭풍과 폭풍 사이
고요한 대기와 같았어

곁에 모인 사람들, 눈물을 다 흘려 눈이 마른 채
숨을 참으며
권능의 왕을 목도할
그 마지막 시작을 기다렸지

나를 추억할 만한 물건들을 물려주고
나눠줄 수 있는 몫들을
처분했어, 그러자
파리 한 마리 끼어들더군

푸르스름하고, 모호하고, 더듬대는 윙윙 소리를 내며
빛과 나 사이로,
그러더니 창문이 흐려졌고, 그리고 나선
보려 해도 볼 수가 없더군

Two Butterflies went out at Noon —

Two Butterflies went out at Noon —
And waltzed upon a Farm —
Then stepped straight through the Firmament
And rested, on a Beam —

And then — together bore away
Upon a shining Sea —
Though never yet, in any Port —
Their coming, mentioned — be —

If spoken by the distant Bird —
If met in Ether Sea
By Frigate, or by Merchantman —
No notice — was — to me —

두 마리의 나비가 정오에 나가더니

두 마리의 나비가 정오에 나가더니
농가에서 왈츠를 추었다네
스텝을 밟아 곧바로 하늘을 가로지르더니
기둥 위에 잠시 머물더군

이내 함께 날아가
햇살 비추는 바다로 나아갔지
어느 항구에 닿았는지
소식이 들려온 적은 없었다네

멀리 날아간 새들이 소식을 전하거나
에테르해(海)에서
정찰함이나 상선을 만났을지는 모르나
내게는 아무 소식 없었다네

The Heart asks Pleasure — first —

The Heart asks Pleasure — first —
And then — Excuse from Pain —
And then — those little Anodynes
That deaden suffering —

And then — to go to sleep —
And then — if it should be
The will of its Inquisitor
The privilege to die —

마음은 먼저 즐거움을 청한다네

마음은 먼저 즐거움을 청한다네
다음엔 고통에서 면제되기를
그다음엔 고통을 잠재울
약간의 진통제를

그리곤 잠을 청하지
그리고는 혹여
재판관의 뜻이 그러하시다면
죽을 수 있는 특권을 청한다네

I measure every Grief I meet

I measure every Grief I meet
With narrow, probing, Eyes —
I wonder if It weighs like Mine —
Or has an Easier size.

I wonder if They bore it long —
Or did it just begin —
I could not tell the Date of Mine —
It feels so old a pain —

I wonder if it hurts to live —
And if They have to try —
And whether — could They choose between —
It would not be — to die —

I note that Some — gone patient long —
At length, renew their smile —
An imitation of a Light
That has so little Oil — ‣

마주치는 모든 슬픔을 가늠해 본다네

마주치는 모든 슬픔을 가늠해 본다네
면밀히 살피려 눈을 가늘게 뜨고서.
나의 슬픔만큼이나 무거울까
조금은 더 수월할까

오래된 슬픔일까
이제 시작된 슬픔일까,
나의 슬픔이 시작된 날 알 수 없으나
오래 묵은 아픔처럼 느껴져

산다는 건 고통인가
애를 써야 살아지는가
선택이란 걸 할 수 있다 해도
죽음을 선택하지는 않는 것일까

오랜 세월 고통을 인내하고
이내 미소를 되찾은 사람들이 있음을 알아
그 미소는 기름이 다한
등잔불처럼 희미해 ▸

I wonder if when Years have piled —
Some Thousands — on the Harm —
That hurt them early — such a lapse
Could give them any Balm —

Or would they go on aching still
Through Centuries of Nerve —
Enlightened to a larger Pain —
In Contrast with the Love —

The Grieved — are many — I am told —
There is the various Cause —
Death — is but one — and comes but once —
And only nails the eyes —

There's Grief of Want — and Grief of Cold —
A sort they call "Despair" —
There's Banishment from native Eyes —
In sight of Native Air — ‣

세월이란
일찍이 저들을 아프게 한 상처에
수천 겹 상처를 덧쌓는 것일진대
그 세월이 흐른들 치유의 향유가 될 수 있을까

수백 년간 아픔을 감지해 온 신경이
사랑이 아니라
더 큰 고통에 눈을 떠
그저 여전히 아픔을 겪는 것인지

슬픔을 지닌 자는 헤아릴 수 없고
이유도 수없이 많다고들 하지
그러나 죽음은 오로지 하나, 단 한 번 찾아와
눈에 못을 박고 마는 것

절망이라고들 하는
결핍의 슬픔, 추위의 슬픔도 있고
고향 하늘을 바라보며
고향 사람들로부터 추방당하는 슬픔도 있을 터 ‣

And though I may not guess the kind —

Correctly — yet to me

A piercing Comfort it affords

In passing Calvary —

To note the fashions — of the Cross —

And how they're mostly worn —

Still fascinated to presume

That Some — are like My Own —

나의 슬픔이 무언지 정확히 알 수는 없으나
갈보리 언덕을 지나며
십자가의 형상과
십자가를 지는 다양한 모습을 바라보면

나를 꿰뚫는 듯한
위로를 받아,
나의 슬픔과 닮은 슬픔도 있으리라
상상하고픈 유혹을 느끼며

They shut me up in Prose —

They shut me up in Prose —
As when a little Girl
They put me in the Closet —
Because they liked me "still" —

Still! Could themself have peeped —
And seen my Brain — go round —
They might as wise have lodged a Bird
For Treason — in the Pound —

Himself has but to will
And easy as a Star
Abolish his Captivity —
And laugh — No more have I —

그들은 나를 산문 안에 가두어 버렸어요

그들은 나를 산문 안에 가두어 버렸어요,
어린아이였던 나를
조용히 시키려
벽장에 가두었듯이

조용히라니! 분주히 돌아가던 내 머릿속을
그들이 들여다보았더라면
차라리 반역의 죄를 물어
새를 새장에 가둬놓는 것이 더 나았을 거야

의지만 있으면 새는
하늘의 별처럼 수월하게
지상의 속박을 벗어나
웃겠지, 나도 그쯤은 할 수 있어

You left Me — Sire — two Legacies —

You left me — Sire — two Legacies —
A Legacy of Love
A Heavenly Father would suffice
Had He the offer of —

You left me Boundaries of Pain —
Capacious as the Sea —
Between Eternity and Time —
Your Consciousness — and Me —

선생님, 당신은 나에게 두 가지 유산을 남겼어요

선생님, 당신은 나에게 두 가지 유산을 남겼어요
사랑의 유산,
하나님 아버지께서도 그 사랑을
받으신다면 흡족하실 거에요

당신은 나에게 한없는 고통도 남겼지요
영원과 시간 사이
그대의 생각과 나의 생각 사이
그 망망대해만큼 한없는 고통을

I dwell in Possibility —

I dwell in Possibility —
A fairer House than Prose —
More numerous of Windows —
Superior — for Doors —

Of Chambers as the Cedars —
Impregnable of Eye —
And for an Everlasting Roof
The Gambrels of the Sky —

Of Visitors — the fairest —
For Occupation — This —
The spreading wide my narrow Hands
To gather Paradise —

저는 가능성의 집에 살아요

저는 가능성의 집에 살아요
산문의 집보다 더 아름다운 집이랍니다
창문도 더 많고요
문들도 더 좋아요

방들은 어떻구요, 삼나무처럼 웅장해
눈으로는 가늠이 안 돼요
그 집의 지붕은
영원한 하늘 지붕이랍니다

찾아오시는 손님은 가장 아름다운 분들이죠
그 집에 산다는 것은 이런 거에요
제 작은 손을 활짝 펴
천국을 모아들이는 거

They say that "Time assuages" —

They say that "Time assuages" —
Time never did assuage —
An actual suffering strengthens
As Sinews do, with age —

Time is a Test of Trouble —
But not a Remedy —
If such it prove, it prove too
There was no Malady —

시간이 지나면 누그러진다고들 말하지요

시간이 지나면 누그러진다고들 말하지요
시간이 지난다 해서 누그러지는 법은 없어요
나이 들면 근육이 뻣뻣해지듯
고통 자체는 더 심해질 뿐

시간은 괴로움의 시금석이지
치료제는 아니니
만일 시간이 치료제로 밝혀진다면, 이는 곧
애초에 병이라는 건 없었다는 증빙일 뿐

Because I could not stop for Death —

Because I could not stop for Death —
He kindly stopped for me —
The Carriage held but just Ourselves —
And Immortality.

We slowly drove — He knew no haste
And I had put away
My labor and my leisure too,
For His Civility —

We passed the School, where Children strove
At Recess — in the Ring —
We passed the Fields of Gazing Grain —
We passed the Setting Sun —

Or rather — He passed Us —
The Dews drew quivering and chill —
For only Gossamer, my Gown —
My Tippet — only Tulle — ‣

내가 죽음을 찾아갈 수는 없었기에

내가 죽음을 찾아갈 수는 없었기에
그분이 친절히도 나를 찾아오셨네
마차에는 그분과 나,
그리고 불멸(不滅)뿐.

죽음은 서두는 법이 없어, 마차는 천천히 움직였지
죽음의 정중함이 고마워서
내 하던 일과 여가마저도
버려두고 온 길이었어

마차가 학교를 지나는데, 쉬는 시간이라
아이들이 운동장에서 원을 그리며 놀고 있더군
곡식이 응시하는 들판을 지나고
지는 태양도 지나쳤어

아니, 오히려 태양이 우리를 지나쳐 갔다고 해야 할까,
밤이슬에 춥고 떨렸어
얇은 드레스를 입고
얇은 망사 스카프를 어깨에 두르고 있었기에. ▸

We paused before a House that seemed

A Swelling of the Ground —

The Roof was scarcely visible —

The Cornice — in the Ground —

Since then — 'tis Centuries — and yet

Feels shorter than the Day

I first surmised the Horses' Heads

Were toward Eternity —

마차는 어느 집 앞에 멈춰 섰어
처마 돌림띠는 땅속에 묻힌 채
지붕이랄 것도 딱히 없이
그저 땅이 부풀어 오른 것 같은 집이었지

그게 벌써 수백 년 전, 그러나 그 세월이
더 짧게 느껴지네
마차가 영원을 향해 간다고 생각했던
그날 하루의 여정보다

Alter! When the Hills do —

Alter! When the Hills do —

Falter! When the Sun

Question if His Glory

Be the Perfect One —

Surfeit! When the Daffodil

Doth of the Dew —

Even as Herself — Sir —

I will — of You —

변한다고요! 산이 변한다면요

변한다고요! 산이 변한다면요
흔들린다고요! 태양이
그 영광의 완벽함을
의심한다면요

물린다고요! 수선화가
이슬에 물린다면요
수선화조차 그러하다면, 그대여
저도 당신에게 물릴 수도 있겠네요

My Life had stood — a Loaded Gun —

My Life had stood — a Loaded Gun —
In Corners — till a Day
The Owner passed — identified —
And carried Me away —

And now We roam in Sovereign Woods —
And now We hunt the Doe —
And every time I speak for Him
The Mountains straight reply —

And do I smile, such cordial light
Upon the Valley glow —
It is as a Vesuvian face
Had let it's pleasure through —

And when at Night — Our good Day done —
I guard My Master's Head —
'Tis better than the Eider-Duck's
Deep Pillow — to have shared — ▸

내 인생은 장전된 총

내 인생은 장전된 총으로
한쪽 구석에 서 있었지, 어느 날
주인님이 지나시다 알아보시고
멀리 데려가실 때까지

지금 우리는 군주의 숲을 다니며
암사슴을 사냥한다네
주인님을 대신해 내가 소리를 낼 때마다
산들은 즉시 응대하지

나는 미소를 지어, 계곡을 환하게 만드는
그렇게 따스한 빛 같은 미소를,
베수비오산이 만면에
기쁨을 분출했을 때와 같이

멋진 하루를 마치고 밤이 찾아들면
나는 주인님의 머리맡을 지킨다네
이렇듯 함께하는 것이
푹신한 오리털 베개의 안락함보다 더 나으니 ▸

To foe of His — I'm deadly foe —

None stir the second time —

On whom I lay a Yellow Eye —

Or an emphatic Thumb —

Though I than He — may longer live

He longer must — than I —

For I have but the power to kill,

Without — the power to die —

주인님의 적에게 나는 치명적인 적
주시하여 조준하고
내 강한 엄지로 저격한 자
두 번 다시 움직인 적 없으니

주인님보다 내가 더 오래 살 수도 있겠지만
나보다 그분이 더 장수하셔야 할 터
내게는 죽이는 힘뿐
죽을 수 있는 힘은 허락되지 않았으니

The Loneliness One dare not sound —

The Loneliness One dare not sound —
And would as soon surmise
As in its Grave go plumbing
To ascertain the size —

The Loneliness whose worst alarm
Is lest itself should see —
And perish from before itself
For just a scrutiny —

The Horror not to be surveyed —
But skirted in the Dark —
With Consciousness suspended —
And Being under Lock —

I fear me this — is Loneliness —
The Maker of the soul
Its Caverns and its Corridors
Illuminate — or seal —

고독은 감히 깊이를 잴 수 없는 것

고독은 감히 깊이를 잴 수 없는 것,
죽어 무덤에 묻혀
무덤의 크기를 알아낼 수 있다면
고독의 깊이를 짐작할 수 있으려나

고독이 가장 두려워하는 것은
자신을 바라보고
응시하는 것만으로도
스스로 사라져 버리지 않을까 하는 것이지

의식은 끊기고
존재는 갇힌 채
단지 어두움에 에워싸여 있으니
그 공포를 측량할 길은 없어

영혼의 동굴과 회랑을
환하게 밝히거나 또 밀폐하면서
영혼을 빚는 존재가
고독이라는 게 나는 두려워

Fairer through Fading — as the Day

Fairer through Fading — as the Day
Into the Darkness dips away —
Half Her Complexion of the Sun —
Hindering — Haunting — Perishing —

Rallies Her Glow, like a dying Friend —
Teasing with glittering Amend —
Only to aggravate the Dark
Through an expiring — perfect — look —

사라지며 더 아름다워지네

사라지며 더 아름다워지네, 어둠에
몸을 적시며 낮이 서서히 사라질 때
태양이 얼굴을 반쯤 드러낸 채로
훼방을 놓으며 떠나지 않다가 이내 소멸하듯이

죽어가는 이처럼, 눈부시게 회생할 것마냥
타오르는 듯한 붉은빛을 집결시키더니
더할 나위 없는 그 모습 그대로 소멸하여
오히려 어둠만이 더 짙어지듯이

A Narrow Fellow in the Grass

A narrow Fellow in the Grass
Occasionally rides —
You may have met Him — did you not
His notice sudden is —

The Grass divides as with a Comb —
A spotted shaft is seen —
And then it closes at your feet
And opens further on —

He likes a Boggy Acre
A Floor too cool for Corn —
Yet when a Boy, and Barefoot —
I more than once at Noon

Have passed, I thought, a Whip lash
Unbraiding in the Sun
When stooping to secure it
It wrinkled, and was gone — ‣

가느다란 녀석이 풀숲에

가느다란 녀석이 가끔
풀숲을 지나가요
당신도 그 녀석을 만났을지 몰라요, 만나지 못했다면
너무 갑작스런 출몰 때문일 거에요.

빗으로 가르마를 가르듯 풀숲이 갈라지며
기다란 점박이 자루 같은 것이 보이면
이내 발치에서 풀이 다시 모이고
저 앞에서 또다시 갈라지죠

그 녀석은 늪지를 좋아해요
옥수수를 기르기엔 너무 냉한 지면(地面)이죠
한낮에 햇살 받으며 똬리를 푸는
채찍 같은 것의 곁을

몇 번 지난 적이 있어요
어린 시절 맨발로.
허리를 구부려 잡으려 했더니
녀석이 몸을 움츠리며 이내 사라져 버렸어요 ▸

Several of Nature's People

I know, and they know me —

I feel for them a transport

Of cordiality —

But never met this Fellow

Attended, or alone

Without a tighter breathing

And Zero at the Bone —

저는 자연의 종족을 여럿 알아요
그들도 저를 알죠
그들로부턴 진정한 기쁨을
느끼는데

이 녀석을 만날 때면
혼자이건 동행이 있건 간에
늘 숨이 조여오고
등골이 오싹하답니다

The Bustle in a House

The Bustle in a House
The Morning after Death
Is solemnest of industries
Enacted upon Earth —

The Sweeping up the Heart
And putting Love away
We shall not want to use again
Until Eternity.

집 안을 부산스레 정리하는 건

죽음을 맞이한 다음 날 아침
집 안을 부산스레 정리하는 거야말로
세상에서
가장 장엄한 일

가슴을 비로 쓸어내고
사랑을 정리해 넣는 일
그 사랑, 영원의 나라에서 만날 때까지
다시 쓰일 일 없으니.

Shall I take thee, the Poet said

Shall I take thee, the Poet said
To the propounded word?
Be stationed with the Candidates
Till I have finer tried —

The Poet searched Philology
And when about to ring
For the suspended Candidate
There came unsummoned in —

That portion of the Vision
The Word applied to fill
Not unto nomination
The Cherubim reveal —

당신을 데려가도 되겠소?

당신을 데려가도 되겠소?
후보로 뽑힌 어휘를 향해 시인이 말했지
더 정교한 어휘를 시험해 볼 때까지
다른 후보들과 대기하고 있으시오

문헌을 살피던 시인이
기다리고 있는 후보를
부르려던 순간
부름받지 않고 들어온 이가 있었어

시의 바로 그 부분을
채워보겠다고 나선 그 어휘는
후보로 지명된 바 없이
천사의 계시로 나타난 거였지

Like Brooms of Steel

Like Brooms of Steel
The Snow and Wind
Had swept the Winter Street —
The House was hooked
The Sun sent out
Faint Deputies of Heat —
Where rode the Bird
The Silence tied
His ample — plodding Steed
The Apple in the Cellar snug
Was all the one that played.

철사를 엮어 만든 빗자루마냥

철사를 엮어 만든 빗자루마냥
눈과 바람은
겨울의 거리를 깨끗이 쓸어버렸네
집마다 빗장이 걸리고
태양은 부실한
열기의 대리인을 내려 보내고
새가 바람 타고 날던 곳에
적막(寂寞)은 터벅터벅 걷는
살찐 말을 매어놓고
아늑한 지하 저장고의 사과만
이리저리 장난을 치고 있네

There is no Frigate like a Book

There is no Frigate like a Book
To take us Lands away
Nor any Coursers like a Page
Of prancing Poetry —
This Traverse may the poorest take
Without oppress of Toll —
How frugal is the Chariot
That bears the Human Soul.

책만 한 쾌속선은 없으리

머나먼 나라로 우리를 데려다주는 데
책만 한 쾌속선은 없으리
신나게 뛰노는 한 편의 시만 한
경주마 또한 없으리
영혼을 싣고 떠나는
마차가 이리도 저렴하니
가장 빈곤한 이라도 이 여행은 떠날 수 있으리
여비의 부담 없이

As imperceptibly as Grief

As imperceptibly as Grief
The Summer lapsed away —
Too imperceptible at last
To seem like Perfidy —
A Quietness distilled
As Twilight long begun,
Or Nature spending with herself
Sequestered Afternoon —
The Dusk drew earlier in —
The Morning foreign shone —
A courteous, yet harrowing Grace,
As Guest, that would be gone —
And thus, without a Wing
Or service of a Keel
Our Summer made her light escape
Into the Beautiful.

큰 슬픔이 그렇듯 어느새인가

큰 슬픔이 그렇듯 어느새인가
여름은 지나가 버렸네
너무도 조용히 떠난 터라
배반이라 할 수도 없어.
오래 머문 노을처럼
한적한 오후를 홀로 보낸
자연처럼
고요는 조용히 배어 나오고,
어스름은 일찍이 드리우고,
낯선 아침은
떠나야 하는 손님처럼
정중하나 애타는 빛을 비췄네
그리하여 날개도 없이
용골(龍骨)*에 기대임도 없이
아름다움 속으로 가벼이 도망쳐 버렸다네
우리의 여름이.

* 용골은 배의 바닥 중앙을 받치는 길고 큰 재목으로서 이 표현은 일부분을 들어서 전체를 나타내는 제유이다. 즉, 배를 타고 떠난 것도 아니라는 의미다.

Hope is a subtle Glutton —

Hope is a subtle Glutton —
He feeds upon the Fair —
And yet — inspected closely
What Abstinence is there —

His is the Halcyon Table —
That never seats but One —
And whatsoever is consumed
The same amount remain —

희망은 미묘한 탐식가

희망은 미묘한 탐식가
좋은 음식만 먹지
그러나 면밀히 살펴보면
대단한 절제가(節制家)

그의 식탁은 평온한 곳
언제나 한 사람만 앉는 곳
무얼 먹으나 상관없이
정량(定量)의 음식이 항상 남아 있는 곳

Those — dying then

Those — dying then,
Knew where they went —
They went to God's Right Hand —
That Hand is amputated now
And God cannot be found —

The abdication of Belief
Makes the Behavior small —
Better an ignis fatuus
Than no illume at all —

그때 죽은 사람들은

그때 죽은 사람들은
그들이 가는 곳을 알고 있었어
하나님의 오른손으로 가는 거였지
지금은 그 손, 잘라 없어졌고
하나님의 흔적도 사라졌어

믿음이 퇴위하면
행위는 의미를 잃기 마련
비록 도깨비불일지언정
완전한 소등보다는 나은 것을

Fame is a fickle food

Fame is a fickle food

Upon a shifting plate

Whose table once a

Guest but not

The second time is set.

Whose crumbs the crows inspect

And with ironic caw

Flap past it to the

Farmer's Corn —

Men eat of it and die.

명성이란 상하기 쉬운 음식

명성이란 상하기 쉬운 음식
식탁에 한 번
오르고 나면
명성이 담긴 접시는 치워지고
두 번 다시 오르는 법 없어.

명성의 찌꺼기를 살펴본 까마귀는
비웃듯 까악까악
푸덕푸덕 지나쳐
농부의 소박한 밥상 찾아가는데
사람은 그것을 먹고 죽고 마네.

Fame is a bee

Fame is a bee.

      It has a song —

It has a sting —

      Ah, too, it has a wing.

명성은 한 마리 벌인 것을

명성은 한 마리 벌인 것을.
　　　　노래를 부르고
쏘기도 하고
　　　　아, 그리고, 날개도 있어라.

That Love is all there is

That Love is all there is,
Is all we know of Love;
It is enough, the freight should be
Proportioned to the groove.

사랑이 전부라는 것

사랑에 대해 아는 것은 단지
사랑이 전부라는 것이리
그거면 충분한 거야, 사랑의 짐은
고루 나누어 삶의 여정이 지고 갈 터이니

해설

자유로운 영혼의 시인, 에밀리 디킨슨

유정화

19세기 미국 문학을 이끈 거장 중 하나인 에밀리 디킨슨은 1830년 미국 동부 메사추세츠주 애머스트의 디킨슨 홈스테드(Dickinson Home-stead)에서 태어났고, 바로 그 집에서 1885년 55세의 일기로 세상을 떠났다. 10살에서 25살까지 리틀하우스(Little House)에서 살았던 기간과 몇 차례 친구나 이모를 방문하기 위해 그리고 질병 치료차 보스턴에 머물렀던 몇 개월을 제외하고는 평생을 이 집에서 보냈다. 애머스트 아카데미에서 7년간 수학한 후 마운트 홀리요크 피메일 세미너리(Mount Holyoke Female Seminary)에 진학하였으나 1년 뒤 자퇴했다. 30대 초부터 죽을 때까지 약 25년간은 집 밖을 나가거나 외부인을 직접 만나는 일이 거의 없는 칩거의 삶을 살며 흰옷만 입었다.

동시대를 풍미했던 에머슨과 휘트먼 같은 남성 작가에 비해 디킨슨의 경험의 공간은 매우 제한적이었다. 은둔적이고 사회적으로 고립되어 비교적 한적한 삶을 살았지만 애머스트 아카데미와 애머스트 대학의 설립자인 할아버지, 변호사이며 애머스트 대학의 재단 이사장이고 주 의원, 주 상원의원을 지낸 아버지 덕분에 그녀의 집에는 유력한 인물들의 방문이 끊이지 않았다. 또 가족과 친구, 지인들과 평생 편지를 통해 교류를 이어왔는데, 그들에 대한 디킨슨의 애정은 매우 진실하고 깊었다. 오빠 오스틴, 친구이자 올케인 수잔, 소꿉친구였으며 후에 디킨슨에게 시집 출판을 권유했던 헬렌 헌트 잭슨, 아버지의 법률사무소 직원이며 디킨슨에게 윌리엄 워즈워스와 랠프 에머슨의 작품을 소개해 준 벤자민 뉴튼, 문학적 설교로 디킨슨에게 감명을 주었던 목사 찰스 워즈워스, 풍부한 견문과 호감 가는 성격을 갖춘 신문사 편집인인 새뮤얼 보울스, 디킨슨이 자신의 시를 보내며 문학 상담을 했던 비평가이며 잡지사의 편집인인 토머스 히긴슨 등이 편지와 실제 만남을 통해 디킨슨에게 큰 영향을 끼친 인물들이다.

흰옷만 고집하고 자신의 집에 그리고 말년에는 자신의 방이 있는 2층에만 머물렀던 은둔의 시인 디킨슨. 에머슨, 소로, 휘트먼, 포, 호손, 멜빌과 더불어 19세기 미국 문학을 대표하고 미국 문학의 르네상스를 이끈 시인 디킨슨. 이 두 가지 사실 사이의 큰 간격을 메울 수 있는 설명은 괴테의 말을 빌릴 수밖에 없을 것 같다. "진정한 시인은 세상과 삶에 대한 혜안을 타고난다. 그것을 시로 표현하는 데 많은 경험은 필요하지 않다." 디킨슨은 남다른 감성과 깊이를 타고난 진정한 시인이었다.

저항과 전복

디킨슨 시의 특징은 인습에 얽매이지 않는 그녀만의 독특한 형식과 의식이라고 할 수 있다. 자신의 시를 신중하게 분류해서 44개의 꾸러미로 정리한 것으로 보아 작품을 보존하고 정리할 의도가 있었음을 알 수 있다. 그러나 적극적으로 출판을 추구하지 않고 시를 서랍장에 보관해 왔다. 그녀는 자신의 시가 당대의 기준으로는 옳게 이해될 수 없다는 것을 알고 있었고, 일찍이 당대의 명성을 기피하는 확고한 태도를 보였다.

나는 무명인이오! 당신은 누구요?

......

유명인으로 사는 건 참으로 따분한 일!
유월 내내 감탄해 마지않는 늪을 향해
자기 이름을 소리쳐 알리는 개구리 같아
끔찍하게 공개적이란 말이오!

　1800여 편의 시는 44개의 꾸러미로 묶여 있는 것을 여동생 러비니아
가 발견해 사후 출판된다. 그러나 토머스 히긴슨과 토드 부인에 의해 출
간된 디킨슨의 시는 당대의 시적 기준과 관습에 맞지 않는 부분들이 훼
손되거나 심하게 수정되어 출판되었다. 디킨슨 사후 70년이 지난 1955
년에 이르러서야 원고를 보존한 형태의 『에밀리 디킨슨 시 전집*The
Poems of Emily Dickinson*』(The Belknap Press, 1955)이 토머스 존슨에 의해
출판되어 세상의 관심과 평가의 중심에 서게 된다.

1. 저항적 형식

　디킨슨은 시행의 강세가 각각 4개와 3개인 아이앰빅 테트라미터(iam-
bic tetrameter)와 아이앰빅 트리미터(iambic trimeter)를 번갈아 쓰는, 당대
미국인에게 가장 친숙한 찬송가와 시편의 운율을 활용한다. 그러나 시
행의 중간에 대문자를 쓰고 대시(—)를 빈번하게 사용함으로써 시각·청
각적으로 친숙한 운율에 저항하며 매우 생소한 글쓰기를 성취한다.
　대문자의 사용은 애머스트 아카데미 재학 시절 배웠던 독일어의 영
향이 의미를 강조하고자 하는 디킨슨의 시적인 필요와 맞물린 것으로
이해할 수 있다. 그러나 리듬을 중시하는 시에서 대시의 사용은 19세기
비평가와 독자들에게는 낯설고도 거슬리는 것이 아닐 수 없었을 것이
다.

그녀의 시에는 통사적 구조를 따르지 않은 비문이 많고, 접속어가 없으며, 문장부호가 매우 드물다. 대시는 때로는 쉼표요, 마침표이며 생략된 접속사요, 생략된 시어다. 독자는 그녀의 시를 읽으면서 대시가 어떤 역할을 하는지 독자적으로 결정하며 읽어내야 한다. 대시는 또한 부드럽고 자연스러운 리듬의 흐름을 방해하면서 새롭고 낯선 리듬을 생성한다. 독자가 대시 앞에서 잠시의 머뭇거림을 경험하며 스스로 의미를 생산할 수도 있어 시는 깊이를 얻게 된다.

더불어 수수께끼 같고 모호한 구절들, 연과 연의 분리를 모호하게 만드는 문장부호의 부재 등은 다양한 해석을 불러일으키며, 작품의 의미와 중요성에 대한 지속적인 토론과 논쟁을 가능하게 한다.

> 빠르게 굴리며
> 황급히 사방을 탐색하는 그 눈이
> 마치 화들짝 놀란 유리구슬 같았어
> 벨벳 같은 머리를 흔들더라고
>
> 위험에 처한 이처럼, 조심스럽게,
> 나는 그에게 빵 부스러기를 건넸지
> 그랬더니 나래를 펼쳐
> 둥지를 향해 노를 저어가는데, 그 부드럽기가

위 인용 구절은 산책로에 내려와 앉은 새에게 화자가 호기심과 호의를 갖고 다가가 관찰하는 내용을 담은 시 「새 한 마리 산책로에 내려와」의 3연과 4연이다. 3연 마지막 행이 문장부호 없이 끝남으로써 새가 "벨벳 같은 머리를 흔들더라고"가 완전한 진술로 끝난 것인지 아니면 4연 첫 행의 "위험에 처한 이처럼, 조심스럽게"로 연결되는지가 명확하지 않다. 연이 바뀌는 것을 염두에 두었을 때 관습적이고 평이한 독해는 3연에서 문장이 끝나고 "위험에 처한 이처럼, 조심스럽게"는 그 다음 행의 "나"를 수식하는 것이다. 그러나 3연의 마지막 행을 4연의 첫 행으로 연결해 인간인 "나"가 아니라 "새"가 위험과 두려움을 느끼는 것으로 읽을 수도 있다.

두 가지 해석은 각기 다른 의미를 시에 부여한다. 새가 위험에 처한 이처럼 조심스럽게 머리를 흔들었다면 새는 화자인 인간을 의식하고 낯선 존재의 개입에 불안한 위험을 느껴 인간의 호의에도 불구하고 날아가 버리는 상황이다. 그러나 새에게 빵 부스러기를 건네는 화자에게 "위험에 처한 이처럼, 조심스럽게"가 연결된다면 이 작은 새는 인간의 영역에 들어오긴 했지만 인간의 호의와 관심에 전혀 신경 쓰지 않고 그의 자연적인 본능에만 충실해서 "지렁이를 물어 반 토막을 내더니 산 채로" 먹고 "풀잎에 맺힌 이슬"로 목을 축이고 자연의 식구인 "풍뎅이에게 길을" 내준 후 다시 둥지로 날아갈 뿐이다. 자연이 인간의 동일자 중심적인 호의를 불안하게 여기고 그에 대해 적대적인가 아니면 인간에게 철저하게 무관심한가가 갈리는 지점이다.

디킨슨 시의 독창적이며 저항적인 형식은 명확한 의미의 독해를 방해한다. 다양한 독해의 가능성을 열어놓고 독자를 제2의 시인으로 초청하는 모호성과 다의적 해석의 가능성은 시로서는 매우 큰 장점이다. 이 시집을 번역하면서 역자는 영어와 우리말의 구조가 다르므로 대시를 번역에 포함시키는 것은 부적절하다고 생각했다. 시인의 의도를 살릴 수 없기 때문이다. 대신 모든 문장부호를 최소화하는 것으로 다양한 시 독해의 가능성을 열어놓아 원작에서의 대시의 역할을 조금이나마 살려보고자 했다.

2. 전복적 상상력

디킨슨은 인간 존재에 대한, 그리고 인간의 경험에 대한 근본적인 관심을 갖고 창조적이며 자유로운 상상력을 발휘하여 언어로 경험을 구성하는 놀라운 힘을 지니고 있다. 특히 죽음의 필연성과 동시에 죽음 너머의 불확실성에 대한 호기심을 탐구한다. 종종 기독교적 관념에 도전하는 전복적인 상상력은 죽음의 신비를 초월적 영역이 아닌 인간의 감각적 경험의 세계인 이 땅의 것으로 풀어내는 독특한 시각을 제시한다.

죽음의 필연성은 고통에 대한 인식을 예민하게 한다. 디킨슨이 어떤 시인인가를 묻는다면 역자는 서슴없이 고통에 대한 감각이 남달리 예민한 시인이라고 답할 수 있다. 디킨슨은 이 땅에서의 감각적 경험의 진정성을 추구한 시인이었고, 그래서 감각적 경험을 더욱 첨예하게 강화시키는 고뇌와 고통을 사랑했다. 죽음에 대해서도 초월적 세계에 대한 약속에 안정감을 느끼지 못하고 이곳 지상에서 감각할 수 있는 경험 대상으로 죽음을 그린다. 감수성이 형성되는 가장 예민한 시기에 살았던 '리틀하우스'의 위치와 사랑하는 가족과 친구들의 이른 죽음이 죽음과 고통에 천착하게 된 이유였을 것이다. 공동묘지가 보이는 이 집에서 살던 10대와 20대의 디킨슨은 가까운 지인들의 죽음으로 여러 번 큰 고통을 경험했고, 수없는 장례행렬을 목격했다. 죽음이란 그 "경계를 넘어간 여행객들은 많으나 그곳으로부터 돌아온 자는 하나도 없어 여전히 미지의 나라(death/ The unknown country from whose bourne/ no traveller returns)"(『햄릿』 3막 1장)일 수밖에 없는데, 디킨슨은 자신의 상상 안에서 여전히 의식과 감각이 살아 있는 여행객으로 죽음의 나라를 여행한다.

「나 죽을 때 파리가 윙윙거리는 소리를 들었지」를 비롯한 죽음을 다룬 많은 시에서 시적화자는 이미 죽은 자다. 죽은 자가 시를 노래하는, 죽음 뒤에도 의식과 감각이 살아 있는 섬뜩한 설정에서 죽음에 대한 디킨슨의 전복적 상상력을 엿볼 수 있다.

나 죽을 때 파리가 윙윙거리는 소리를 들었지
나를 둘러싼 정적은
몰아치는 폭풍과 폭풍 사이
고요한 대기와 같았어

곁에 모인 사람들, 눈물을 다 흘려 눈이 마른 채
숨을 참으며
권능의 왕을 목도할
그 마지막 시작을 기다렸지

나를 추억할 만한 물건들을 물려주고
나눠줄 수 있는 몫들을
처분했어, 그러자
파리 한 마리 끼어들더군

푸르스름하고, 모호하고, 더듬대는 윙윙 소리를 내며
빛과 나 사이로,
그러더니 창문이 흐려졌고, 그러고 나선
보려 해도 볼 수가 없더군

1연의 "몰아치는 폭풍과 폭풍 사이"는 사후 세계를 인정하는 시 전체의 인식 틀을 제공하는 뛰어나게 구조적이며 경제적인 은유 사용의 예를 보여준다. 임종의 순간은 이승의 태풍에서 저승의 태풍으로 인도하는 고요의 문턱이다. 믿는 자의 임종의 순간에 그 영혼을 맞이하러 신이나 신의 대리인이 온다고 믿었던 19세기 기독교인들의 인습적 관념이 한 마리의 파리 심상을 통해 완전히 전복된다. 사람들은 숨을 멈추고 대문자로 시작하는 "왕", 즉 신을 목격하길 원한다. 그 순간은 "마지막"과 "시작"이 함께 묶인 모순어법의 순간으로 이 생의 마지막이며 사후 세계인 영생과 불멸의 시작점을 나타낸다. 그러나 그 순간 목격된 것은 왕이 아니라 한 마리의 파리다. 파리는 실낙원의 팬디모니움(Pandemonium)에 사탄과 함께 추락한 파리 대왕인 바알제붑(Beelzebub)을 연상시키고 또한 구더기를 연상시킨다. 이 절묘한 이미지가 기독교의 교리를 양면으로 전복하고 공격한다. 죽음의 순간 파리 한 마리의 개입은 망자의 이후의 시간이 하나님과의 조우가 아니라 사탄의 지배를 받는 것일 수 있다는 것이고, 그 시간이 영혼의 영생이 아니라 지극히 물리적인 현상이 지속되는 시간의 영향 아래에서 썩어가는 육신이 벌레의 먹이가 되는 삶일 수도 있다는 것이다. 이 생의 모든 인연을 정리하고 하나님의 인도를 받아 영원한 세계로 들어갈 기대를 가지고 있던 3연의 화자는 한 마리 파리의 개입으로 천국에서의 영혼의 영생에 대한 믿음이 동요하며 회의에 사로잡힌다. 이 회의와 두려움을 4연 1행의 윙윙거리는 파리 소리의 수식어인 "푸르스름하고, 모호하고, 더듬대는"이 포착한다.

「내가 죽음을 찾아갈 수는 없었기에」에서 화자는 시간의 흐름이 가져오는 물리적 변화와 파괴의 영향에 그대로 노출된 무덤 앞에서 수 세기 전 죽음의 순간에 걸치고 나온 얇은 옷으로 인해 추위를 느낀다. 「나는 아름다움을 위해 죽었소」에서 아름다움과 진리를 위해 죽은 이들의 거처는 이끼가 그들의 입을 막고 비명에 새겨진 이름을 가릴 만큼 시간이 흘렀으나 여전히 무덤 안이다. 천국은 '저 위'라고 믿는 것을 조롱하듯 전복하며 디킨슨은 죽은 자들의 종착지를 '이 아래'인 무덤으로 제시한다.

자유로운 영혼의 시인인 디킨슨은 독창적이고 파격적인 언어와 형식, 그리고 전복적 상상력으로 19세기 시의 전통적인 관념에 저항하고 실험과 창의성의 문을 열어 현대시 발전에 지대한 영향을 미쳤다. 간결하고 수수께끼 같은 언어로 복잡한 감정과 개념의 가장 본질적인 진수를 증류해 내는 시적 역량과 자연 세계의 아름다움에 대한 탁월하게 섬세한 관찰과 표현은 디킨슨의 시에 경이감을 느끼게 한다.

작가 연보 ——————————————————————————————

1830년   12월 10일 미국 메사추세츠주 애머스트에 위치한 저택 '디킨슨 홈스테드'에서 출생.

1837년   아버지가 주 의원으로 당선. 이후 디킨슨가에는 손님이 끊이지 않음.

1840년   경제적 이유로 '디킨슨 홈스테드'를 팔고 '리틀하우스'로 이사(이 집은 공동묘지와 가까웠음). 애머스트 아카데미에 입학.

1844년   친구 소피아의 죽음. 정신적으로 큰 충격을 받음.

1845년   피아노를 배우기 시작. 이후 상당한 실력을 갖추게 됨.

1847년   애머스트 아카데미에서 수학을 마치고 마운트 홀리요크 세미너리에 진학.

1848년   세미너리에서 자퇴. 아버지의 법률사무소에서 일하던 벤자민 뉴튼과 알고 지내게 됨.

1850년   자립해서 떠난 뉴튼이 에머슨의 시집을 보내옴.

1853년   뉴튼의 사망. 어머니의 병으로 집안일을 도맡음.

1855년   '디킨슨 홈스테드'로 다시 이사 옴. 필라델피아에 있는 사촌 방문 중 그곳 교회의 목사인 찰스 워즈워스의 설교를 들은 후 워즈워스와 가까운 마음의 벗이 됨.

1856년   오빠 오스틴과 친구인 수잔의 결혼.

1861년   첫 조카 네드의 출생. 이 무렵부터 흰옷만 입기 시작한 것으로 추정.

1862년   창작열이 가장 왕성했던 해. 편집인이자 비평가인 토머스 히긴슨의 글을 읽고 나서 자신의 시를 보내며 조언을 요청. 이후로 지속적인 서신 교환을 통해 문학을 논함.

1863~ **1865년**	매년 눈 치료차 보스턴에 가서 장기체류함. 이후 창작량이 현저히 줄어듦.
1869년	어릴 적 친구인 헬렌 헌트가 자신의 시집을 냄. 이후 디킨슨에게 시 출판을 꾸준히 권유하나 받아들이지 않음.
1874년	아버지 사망. 아버지의 친구인 오티스 로드 판사에게서 위로를 받고 후에 연인 관계로 발전.
1875년	히긴슨이 보스턴의 여성클럽에서 디킨슨의 시 낭독회를 가짐.
1880년	워즈워스가 디킨슨 방문.
1882년	어머니 사망. 워즈워스 사망.
1884년	로드 판사 사망.
1885년	5월 15일 '디킨슨 홈스테드'에서 사망.

지은이 에밀리 디킨슨

출판되지 않은 1800여 편의 시를 남기고 무명으로 세상을 떴으나 지금은 19세기 미국 문학을 대표하는 시인으로 평가받고 있다. 그녀가 선택한 삶의 방식으로 인해 신비에 싸인 '은둔의 시인'으로 대중에게 알려진 바 있다. 그러나 그녀의 시는 광대한 시공(時空)을 담아내며, 신, 죽음, 필멸과 영원, 사랑 등 인생의 본질적인 경험과 동시에 '지금 이곳'에 대한 감각적 경험을 탐미한다. 또한 유한한 인생의 변화와 죽음이 수반하는 고통을 치열하게 인식하면서 죽음이 존재함으로 인해 더욱 찬란하게 아름다운 삶이라는 모순적 진리를 노래한다. 추상적 개념을 감각적 경험으로 제시하는 시적 역량, 매우 구체적인 경험을 보편적 경험의 진실과 연결시키는 의식의 확장, 삶의 진수(眞髓)를 드러내는 간결하고 단순하며 독특한 디킨슨의 시어는 기존의 관습에 매이지 않는 시 형식과 더불어 그녀만의 독창적인 시 세계를 형성한다.

옮긴이 유정화

이화여자대학교 영문과와 같은 학교 대학원을 졸업하고 낭만 시인 셸리와 키츠의 비교연구로 석사학위를, 현대 미국 시인인 로버트 로웰 연구로 박사학위를 받았다. 현재 목원대학교 교수로 재직하며 영어를 가르치고, 카이스트(KAIST)에 출강하면서 영미시를 가르치고 있다. 주요 역서로『무기여 잘 있거라』와『위대한 개츠비』등이 있고, 공역서로는『참깨와 백합, 그리고 독서에 관하여』,『낭만 시를 읽다』,『젠더란 무엇인가』,『문화 코드, 어떻게 읽을 것인가 1』등이 있다. 주요 관심사는 현대 미국 시이며, 레비나스, 들뢰즈, 크리스테바의 이론에도 관심이 있다.

한울세계시인선 03

고독은 영혼을 빚고
에밀리 디킨슨 시선집

지은이 ▮ 에밀리 디킨슨
옮긴이 ▮ 유정화
펴낸이 ▮ 김종수
펴낸곳 ▮ 한울엠플러스(주)
편집책임 ▮ 조수임
편집 ▮ 정은선

초판 1쇄 인쇄 ▮ 2024년 6월 5일
초판 1쇄 발행 ▮ 2024년 6월 25일

주소 ▮ 10881 경기도 파주시 광인사길 153 한울시소빌딩 3층
전화 ▮ 031-955-0655
팩스 ▮ 031-955-0656
홈페이지 ▮ www.hanulmplus.kr
등록번호 ▮ 제406-2015-000143호

Printed in Korea.
ISBN 978-89-460-8314-1 03840

※ 책값은 겉표지에 표시되어 있습니다.